MACABRO 4

Horror al otro lado del espejo

Homero Mutil

FERNÁNDEZ editores

MACABRO 4
Horror al otro lado del espejo
Por: Homero Mutil
PRIMERA EDICIÓN, FEBRERO 1997
Derechos reservados conforme a la ley por: ©FERNÁNDEZ editores, s.a. de c.v. Eje 1 Pte. México Coyoacan 321, Col. Xoco. Delegación Benito Juárez. 03330 México, D.F. (MÉXICO). Miembro No. 85 de la Cámara Nacional de la Industria Editorial Mexicana. Se terminó de imprimir esta obra el día 21 de febrero de 1997 en los talleres del editor.
5 Th-- ISBN 970-03-1203-8

IMPRESO EN MÉXICO — PRINTED IN MEXICO

ÍNDICE

PRÓLOGO

Me alejé cuanto pude de aquella cara implacable, feroz, pálida como si no le quedara una sola gota de sangre... Pero no había dado ni tres pasos cuando sentí en mi nuca su aliento helado y escuché el rumor de unas alas moviéndose detrás de mí, acompañado del crujir del hielo bajo los patines del enorme trineo.

Intenté huir más aprisa, pero mis pies pesaban como si fueran de plomo y el viento, aullando en ráfagas furiosas, iba poniendo sobre mis hombros una gruesa capa de escarcha fría a más no poder.

Ese peso agregado me impedía correr como quería. Además, mis zapatos resbalaban en el piso cubierto de nieve y, ya para colmo, comenzaron a abrirse grietas bajo mis pies.

Temblé de horror y permanecí muda, pues el grito que luchaba por salir de mi garganta parecía haberse congelado también. Mi temor crecía a cada segundo. Mientras mis pasos se arrastraban sobre el grueso manto de nieve, mi mente giraba a toda velocidad, calculando con verdadero espanto el momento en que mi pobre corazón habría de convertirse en un carámbano grande y frío.

Los chasquidos del látigo sobre el lomo de los perros esquimales llegaban a mis oídos como mensajeros de una crueldad insoportable que iba acercándose más y más a donde estaba yo, casi congelada e incapaz de seguir huyendo.

No cabía duda: iba a ser atrapada de un momento a otro por aquel ser todo maldad, incapaz de ningún pensamiento bueno ni de una emoción humana…

CAPÍTULO 1
¡Mis tenis!

Las manos se apoderaron de mí y empezaron a sacudirme con fuerza mientras una voz ya más familiar me decía:

—¡Despierta, Martita, hija!

De pronto, estaba sentada en mi cama, sólo que no arropada con las cómodas cobijas de siempre, pues éstas formaban un montón en el suelo precisamente junto a mis pantuflas. ¡Ah, por eso tenía tanto frío, claro! Como mamá estaba mirándome entre risueña y preocupada, la abracé con mucho cariño y deposité un beso en su mejilla.

—¡Buenos días, mami! —le dije con bastante entusiasmo—. ¡Qué bueno que viniste a despertarme temprano!

—¿Desde cuándo te da gusto salir de la cama? —preguntó mamá.

—¡Ay, es que vi una cara horrorosa, con una melena como de león, pero toda blanca y…!

Mi mamá se agachó hasta el piso, recogió mi libro de cuentos de hadas y, sin dejar de sonreírme, me comentó señalando una página por donde el libro se abría espontáneamente:

—¿Como ésta? ¡Ay, Martita, te sobra imaginación! De seguro estuviste leyendo anoche y eso fue lo que soñaste.

Mmm… quizás tuviera razón mamá. En todo caso, a mí me encantaba el cuento *La reina de las nieves* y lo leía con mucha frecuencia. Me intrigaba saber cómo un simple cristalito de hielo podía cambiar el corazón de un niño. Una vez se lo pregunté a papá y me contestó que eso no era cierto, que no pasaba de ser una invención del escritor Hans Christian Andersen, autor del cuento.

Debo confesar que no le creí a papá. ¿Por qué un adulto mentiría a una niña, contándole cosas inexistentes?

Le hice la misma pregunta a mamá y ella me dijo que las hadas y demás seres de los cuentos no son mentiras, pero tampoco existen en la realidad como nosotros, sino en un lejano reino donde todo es posible. Desde luego, quise saber cómo podría llegar allá, si era necesario inscribirse como en la escuela y los cursos de verano, o dónde se compraban los boletos, pero mamá me respondió que nada de eso hacía falta.

—Lo único necesario —me dijo— es cerrar los ojos y desear entrar en el reino mágico.

—¡Ah, qué fácil!

—Sí, es sencillo entrar, lo difícil es encontrar la salida. Algunas personas se han perdido adentro del reino de la fantasía y nunca volvieron a salir.

—¿De veras, mami?

—Sí, y me preocupa que te pasees tan seguido por ese lugar. No es bueno abusar de la imaginación, hija, ni siquiera de los sueños.

—Pero, mami, ¿cómo pude haber ido si no sé dónde está?

—Al contrario, mi cielo, lo sabes muy bien: está en tu cabecita, entras a cada rato y a veces me da la impresión de que no quisieras regresar acá.

Miré a mamá como nunca antes lo había hecho. Por primera vez observé arruguitas alrededor de sus ojos, las hebras grises junto a sus sienes, sus manos ásperas por el detergente. ¡Caramba, no me había dado cuenta y mi madre estaba envejeciendo! ¡Si yo sólo tengo 10 años! Bueno, eso significa que ella debe andar por los 30 y algo, ¿no? ¿O más bien en los 40?

—Mami, te prometo regresar; no importa lo que pase allá en el reino, siempre hallaré la manera de volver a casa.

—Mejor será que no te alejes mucho, Martita. Uno nunca sabe…

En fin, mamá salió de mi recámara y yo me dispuse a levantarme. Como era sábado, no tenía prisa por salir disparada al baño para ganárselo a mi hermano Juan Carlos, quien es dos años mayor que yo y se cree con derecho a entrar primero a la regadera.

¡Ah, los sábados son maravillosos!, sobre todo porque mamá me obliga a terminar la tarea el mismo viernes y así me quedan libres los fines de semana. Ni siquiera debo preocuparme por ordenar mi mochila el domingo, pues el viernes mamá no me deja en paz hasta no haber arreglado todo para el lunes siguiente.

Suena fastidioso, y lo es, pero al final resulta más práctico que hacer como mi amiga Antonieta, quien anda terminando la tarea a las 10 de la noche los domingos, o como Marisela, mi otra compañera, que los lunes no encuentra las cosas en su mochila por no arreglar ésta con anticipación.

Bueno, al cabo de un buen rato (cosa de una hora o algo así) remoloneándome en la cama, salí de puntitas rumbo a la cocina, donde pensaba pedirle a alguien un suculento desayuno. El lugar estaba total y completamente vacío. Una nota pegada al refrigerador me indicó los destinos de mi familia:

"Martita:

Papá y Juan Carlos se fueron a jugar futbol con sus amigos y no regresarán hasta pasadas las tres. Yo debo ir a ver a tu abuelita Clara, porque tiene una gripa terrible, pero no me tardaré. Tu desayuno está dentro del *refri*. Besos. Mamá."

¡Vaya manera de comenzar un memorable sábado!

Con gesto brusco abrí la puerta del refrigerador. Sí, de inmediato vi el vaso de leche con chocolate, unas sincronizadas y un trozote de pastel. Mamá siempre dice que me aproveche ahora, pues cuando crezca no querré verme gorda o con granitos en la cara y, en consecuencia, no comeré pastel muy seguido, especialmente si es de chocolate con nueces y crema batida.

Todavía con la puerta del *refri* abierta de par en par, mis ojos tropezaron con un recipiente tapado y al instante experimenté el deseo de probar su contenido. No van a creerlo, pero sabía como a frijoles refritos con helado de pistache y mermelada de naranja. A pesar de tan exótica combinación, no me contenté con probarlo sino que me lo acabé, no obstante los trocitos como de pescado seco que se me atoraban en la garganta. Luego me dediqué a terminar con la malteada de chocolate, las sincronizadas y, de remate, el delicioso pastel. ¡Por algo mamá dice que soy una glotona!

¿Qué iba a hacer toda la santa mañana? En tomar el desayuno y lavar los platos me tardé menos de 25 minutos… ¿Arreglar mi recámara? ¡Ah, no en sábado! ¿Tender la cama? Bueno, eso sí, tal vez. De todos modos tenía ante mí una larga, enorme, aburrida mañana. ¡Ni siquiera estaba Juan Carlos para pelearme con él!

¿Y si emprendía un viajecito al reino prohibido? Total, uno corto, rápido, sin complicaciones; mi mamá ni siquiera lo notaría…

Lo crean o no, una vocecita pegada a mi oído me dijo que nada de viajes sin permiso y menos si estaba sola en casa. Lo reconozco, no acostumbro obedecer así nomás porque sí, pero algo en el tono de aquella voz me llevó a decidir quedarme tranquila en mi recámara, oyendo música y tal vez bailando o quizás dibujando.

Puse mi casete favorito en la grabadora (no se rían, pero adoro a Cri-cri), me acomodé junto a la ventana para recibir mucha luz y comencé a dibujar unas muñecas con cabezas muy grandes y piernas flacas como hilos.

Claro, al rato estaba más aburrida que un ostión en su concha. Mamá no llegaba y, desde luego, mucho menos papá y mi hermano. Sin mucha alegría, fui a darme un baño y a vestirme con mis pantalones preferidos (de mezclilla, claro), una playera color rosa mexicano y calcetas haciendo juego; me peiné con una cinta elástica y, ya casi lista, me sorprendió no encontrar a la mano mis cómodos tenis.

¿Dónde los habría dejado? Quise acordarme, pero tras muchos intentos me di por vencida: sencillamente no lo recordaba. ¡Aquello no podía ser!

«Marta —me dije—, eres una niña normal y las niñas normales no pierden sus tenis dentro de su propia casa y menos aún sin darse cuenta.»

Esas palabras me tranquilizaron, a pesar de ser absurdas. Entonces decidí investigar más minuciosamente el paradero de mis tenis. Total, acabó pareciéndome una manera tan buena como cualquiera otra de pasar el tiempo.

Recorrí en primer lugar mi recámara. Tal vez no crean la cantidad de cajones, anaqueles, repisas, cajas y rincones que revisé sin encontrar ni una agujeta de mis tenis.

Algo molesta, fui a la recámara de Juan Carlos. Después de todo, era mi principal sospechoso, tal vez él me los había escondido. Nada de nada, y eso que vacié todos sus cajones y el ropero.

Ya bastante alarmada, me dirigí a la recámara de mis papás. A lo mejor mi mamá había recogido mis zapatos. Al dar una vuelta alrededor de la gran cama advertí una sombra enorme a mis espaldas. Giré de inmediato, pero sólo pude ver una arañota patuda balanceándose en la punta de su hilo. ¡Buen susto me llevé!

Finalmente, luego de echar algunos discretos vistazos en los cajones de las cómodas de mis padres (ahí sí no era cosa de revolver nada), advertí un objeto redondeado de hule blanco que sobresalía de la parte inferior de las cortinas. "¡Mis tenis!", me dije con una mezcla de alegría y fastidio, y me agaché a recogerlos...

Pues no, no eran mis tenis... ni siquiera tenía nada que ver con el calzado... Es más, aunque no lo crean, ¡no pertenecía a este mundo!

CAPÍTULO 2
Sola en la oscuridad

Al rozar el objeto con mi mano, retrocedió de un salto, justamente como lo habría hecho un animalito poco acostumbrado a recibir caricias. Sólo que *eso* no era ningún animal tierno y bonito.

Tenía aspecto de pelota y sus patas (si así podían llamarse aquellas cosas) salían del cuerpo en línea recta, se curvaban a la mitad y terminaban exactamente como las punteras de los tenis. *Aquello* parecía estar esperándome detrás de la cortina.

Mi primera intención fue salir corriendo de la recámara y quizás hasta de la casa, pero… pudo más mi curiosidad que la razón.

Además, no creo que hubiera movido ni un dedo después de ver *algo* tan extraño. Traté de recordar si últimamente había leído alguna historieta sobre marcianos, algún cuento referente a extraterrestres, un artículo periodístico que hablara de criaturas con aspecto de balones de futbol… En fin, algo que me diera una pista, pues estaba segura de andar imaginándome cosas. Si no era esa la situación, ¿entonces qué?

Aquello comenzó a acercarse a mí, con lo cual dejó al descubierto un pedazo de pared. Más bien, debería decirles que "allí tendría que haber un tramo de pared", pues en realidad sólo se veía un hueco bastante grande, lo suficientemente amplio para que *aquello* me empujara a entrar por ahí. ¡Como lo oyen!

Quise negarme, atorar los pies a la entrada del hoyo, agarrarme a 20 uñas de las paredes, ¡gritar! En lugar de todo eso, una fuerza extraña me arrojó a la oscuridad…

Fue como si me quitaran el piso debajo de los pies, sentí un mareo como el de aquella vez que subí a una rueda de la fortuna con mi papá, y la débil luz que quedaba a mis espaldas se apagó repentinamente.

¡Sola en medio de aquella negrura! Me temblaban las manos con tanta fuerza, mi corazón latía tan apresurado y en el estómago estaba volando tal cantidad de mariposas que de milagro no me desmayé.

Moví la cabeza a un lado y a otro para convencerme de que no estaba soñando, y aparte, por ver si distinguía algo. Sí, no había duda: estaba bien despierta.

A lo lejos se distinguía una lucecita, como si con una linterna me estuvieran haciendo señales desde el otro extremo de un túnel. Decidí caminar en aquella dirección.

No bien mi pierna había iniciado el movimiento, cuando *aquello* se aferró a mi pie para no dejarme levantarlo. En pleno ataque de pánico, lo único que se me ocurrió hacer fue sacudir la pierna con toda la fuerza de que soy capaz. Seguramente no es mucha, porque *aquello* permaneció agarrado a mi calceta, me provocó cosquillas y un inmenso deseo de salir corriendo. Pero ¿por dónde, en cuál dirección, hacia qué parte si no conocía el lugar?

La *cosa* aquella dejó de hacerme cosquillas en el pie, pero en cambio comenzó a trepar por mi pierna. Sin poder moverme ni gritar, sentí cómo *aquello* se iba sujetando a la gruesa tela de mis pantalones…

«¡Un momento!» —pensé—, si *eso* tiene patas en forma de punteras de tenis, ¿cómo podría trepar por mi ropa?

No es lógico, no puede… tal vez tenga garras o ganchos…» Antes de terminar este pensamiento, la *cosa* se detuvo sobre mi rodilla, se hizo a un lado y continuó su camino hacia arriba arrastrándose a lo largo de la costura. ¡Uf, por suerte traía puestos los pantalones!, pues nada más de imaginarme que *aquello* pudiera deslizarse sobre mi piel me hubiera hecho desmayar.

¿Cuánto podría durar aquella extraña situación? ¿Tardaría mucho mi mamá? ¿Cómo iba a encontrarme si yo estaba metida en un gran hoyo oscuro y siniestro?

El deseo de volver a ver a mamá y a papá me dio fuerzas para sacudir de nuevo la pierna y aun para manotear desesperada, intentando atinarle un golpe a *aquello*.

¡Resultó! Oí un seco ¡ploc! y dejé de sentir el molesto peso de aquella *cosa* sobre mi pierna.

Bueno, ¿y ahora para dónde debía ir? Atrás de mí sólo había oscuridad; adelante estaba la lucecita. Por otra parte, a mis espaldas debía estar la recámara de mis papás, aunque no estaba muy segura. En cuanto a la luz distante, me parecía obvio que no se trataba de algún sitio dentro de la casa. ¡Todo era tan raro!

«Mejor hacia la luz que al contrario», me dije en silencio, como si la Marta parlanchina que siempre fui se hubiera callado en definitiva. La verdad, me daba miedo escuchar el sonido de mi voz y no lograr reconocerlo.

Al cabo de dos segundos empecé a caminar en dirección a la luz. Conforme iba acercándome a ella, podía distinguir mejor de qué se trataba: ¡una ventana!

Mi cerebro debía estar jugándome alguna broma, pues yo no recordaba ventana alguna por aquel lado de la casa. Entonces pensé que, con toda seguridad, conocía muy mal mi vivienda, pues tampoco había visto nunca el hoyo en la pared ni sospechaba la existencia del túnel por donde iba caminando en ese momento.

La supuesta ventana resultó ser un hueco más o menos cuadrado, medio chueco, como si lo hubiera dibujado Javier, mi compañero de salón. ¿Debería meterme en él o de plano sería mejor no hacerlo?

Estaba ahí, indecisa entre si debía o no atravesar la ventana, cuando me acordé de *Alicia en el país de las maravillas*. A ella también le sucedían cosas extrañas, ¿no es cierto?, y nadie le decía mentirosa. ¿Qué había hecho Alicia para pasar por aquella puerta demasiado pequeña?

Mi memoria respondió al instante: comió un trocito de galleta mágica. ¡Lástima!, yo no disponía ni de una migajita de tales galletas con el poder de agrandar y achicar a la gente según el lado que se muerda.

Por otra parte, cruzar el hueco no representaba problema. Yo podría hacerlo fácilmente… y lo hice. Extendí los brazos por arriba de la cabeza, los metí en el hueco y me impulsé…

Naturalmente, fui a dar de cabeza al suelo. Levanté la vista y me dio gusto comprobar que el sitio estaba bastante iluminado, pero luego ya no me dio tanto, porque el piso y las paredes estaban totalmente cubiertas de ¡alacranes! ¡Aggg!

¿Adónde había ido a dar? ¿Qué era ese lugar? ¿Por qué mis papás no me avisaron de la existencia de tan espantoso sitio dentro de nuestra propia casa?

Ni tiempo tuve de hacerme más preguntas, porque mi principal preocupación era ¡quitarme de encima los alacranes! Los arácnidos intentaron treparse a mis pies pero, por suerte, las calcetas estaban tan lisas que los animaluchos no pudieron subir. Sin embargo, quedaban todavía demasiados alacranes dispuestos a saltar sobre mí desde las paredes y no se me ocurría nada para impedírselo.

El tiempo transcurría con una lentitud desesperante y cada vez me sentía más y más cansada, como si mis pies ya no lograran soportar el peso de mi cuerpo. Mis hombros se encorvaban, la cabeza me pesaba al menos una tonelada y mis párpados parecían a punto de cerrarse...

El cansancio era más poderoso que el asco y el horror que me inspiraban los alacranes y, sin saber cómo, me hallé con la espalda pegada a la pared y deslizándome hacia el suelo.

—¡Oye, no te caigas!

Mis ojos pesados de sueño se abrieron de golpe para localizar la voz.

Una niña, más o menos de mi edad, me observaba desde un rincón de la misma habitación donde estaba yo y, a diferencia de mí, los alacranes no parecían causarle miedo. Claro, tampoco se acercaban a ella...

El sueño volvía a imponerse en mis ojos y a apoderarse de todo mi cuerpo. Sentí como si flotara encaramada en una nube de tul...

—¡Abre los ojos, no te duermas! —dijo la niña con voz de mando—. ¡Enderézate y ven para acá!

La obedecí o mejor dicho mis pies la obedecieron. Al llegar junto a ella, advertí que se encontraba exactamente detrás de un vidrio, o para decirlo con más precisión, del otro lado de un espejo. ¿Dónde había yo oído algo semejante? De momento, mi supermemoria no me sirvió de nada, limitándose a corregir el dato: seguramente lo había *leído*, no *oído*.

Sí, ya se habrán dado cuenta de que mi entretenimiento favorito es leer, y no cualquier cosa, sino especialmente cuentos de hadas. De acuerdo, no era buen momento para ponerme a recordar mis lecturas preferidas, pero en realidad no podía hacer gran cosa, aparte de abrir la boca enfrente de aquella niña de cabello largo y ojos tristísimos.

—¿Cómo te llamas? —me preguntó tan tranquila.

—Marta —respondí sin titubear, pero bastante asombrada—. ¿Y tú?

Juro que había parpadeado medio segundo y nada más, pero la niña ya no estaba al otro lado del espejo ni por ninguna parte.

CAPÍTULO 3
Del otro lado del espejo

Aquello no me gustaba. ¿Adónde podía ir una niña situada más allá de una habitación repleta de alacranes? La pregunta me pareció tontísima; desde luego, podría haberse ido a un millón de lugares mucho más agradables.

—¿Y tú, cómo te llamas? —repetí en voz alta.

—Eugenia María Concepción —contestó la voz junto a mi oreja.

Pegué un salto que por poco me manda de regreso al suelo. No esperaba oírla tan cerca de mí. Me puse a observar su cara pálida en medio del cabello largo y oscuro, peinado en dos trenzas. No sé por qué, pero me olvidé de los alacranes.

—Tu nombre es bonito, pero medio largo, ¿no? —pregunté y de inmediato pensé que había metido la pata. Uno jamás debe criticar los nombres de las personas por más extraños o chistosos que nos parezcan.

—¿El tuyo no es así? —respondió en su característica manera de contestar con preguntas.

—Algo parecido: Marta Angélica —aclaré en tono humilde, como si al confesar mi nombre completo estuviera pidiendo perdón.

—¡Ah! —expresó la niña, pero en su voz no había asombro, curiosidad ni desdén.

—Oye, ¿cómo saliste de detrás del espejo? —pregunté empleando el mismo tono indiferente con que se dice "¿qué hora es?"

—¿Cuándo llegaste a la sala de los alacranes? —replicó sin contestar mi anterior pregunta.

—Hace un rato —afirmé categórica.

La niña me miraba con sus grandes ojos color de azabache. Había en ellos una increíble melancolía y al mismo tiempo paciencia.

—¿Cuánto es un rato? —preguntó.

¡Ahora sí ignoraba yo qué responderle! No me había puesto el reloj porque era sábado y no quería saber la hora. De todos modos, aun cuando hubiera traído mi relojito digital, ¿cómo saber cuánto es un rato?

Ahora fui yo quien observó detenidamente a la niña. Así como éramos más o menos de la misma edad, también teníamos semejante estatura y peso. Lo que me parecía diferente entre ella y yo era la tristeza.

Casi sin fijarme, me dejé caer en el piso y bajo mi cuerpo se produjeron docenas de carreras descontroladas con todos los alacranes en fuga. La verdad, ni miedo me dieron ya. Estaba más interesada en averiguar algo sobre la niña: de dónde era, cómo había llegado y lo más importante de todo, cuánto tiempo llevaba ahí.

—Eugenia, dime: ¿desde cuándo estás aquí con los alacranes?

Sin parpadear ni una sola vez (su mirada tan fija comenzaba a ponerme nerviosa), la niña encogió los hombros y al mismo tiempo dobló los brazos por los codos y me mostró las palmas de sus manos, gesto universal de ignorancia. En el mundo entero, los seres humanos hacemos eso cuando no sabemos responder a lo que nos preguntan. Sin embargo, a mí me quedó la duda de si Eugenia ignoraba ese dato o más bien el *tiempo* poco significaba para ella.

En todo caso, los alacranes formaban algo como un círculo alrededor de nosotras, apuntándonos con los aguijones de sus colas, pero sin moverse de sitio, y dejaron de preocuparme.

Mi atención se concentró entonces en la niña. Me di cuenta del aspecto extraño de su vestido, en el que antes no me había fijado. Era largo, hasta un poco más arriba de los tobillos y la falda, con mucho vuelo, parecía tener debajo al menos media docena de crinolinas, porque se hinchaba como un globo.

A pesar de todo, el diseño me pareció bonito con sus encajes, el gran lazo en la cintura y el cuellito bordado con hilo de seda, y eso que no soy aficionada a la ropa complicada y superfemenina, pues en realidad prefiero la comodidad de los pantalones y las prendas que se llevan con ellos.

—¿De qué color es tu vestido? —le pregunté, pues mis ojos no alcanzaban a precisar el matiz de la tela.

—¿Te gusta el verde mar? —respondió, como casi siempre lo haría, con otra pregunta.

—Sí, además te queda muy bien —dije para animarla, pero en realidad el pálido color acentuaba la melancolía de la niña—. Oye, esos botines están *padres* —agregué al notar su calzado con extraños salientes metálicos donde se atoraban las agujetas antes de entrecruzarse a lo largo del empeine hasta rematar en una lazada precisamente al inicio de la pantorrilla.

Eugenia me miró como si no comprendiera mis palabras pero, siguiendo la dirección de mi vista, acabó por captar a qué me refería.

—¿Crees que son elegantes o más bien raros? —replicó Eugenia.

—Las dos cosas —respondí divertida—; bueno, en realidad, tu vestido es muy bonito, pero no me pondría uno igual porque me parece incómodo, en cambio los botines están de lujo. ¿Dónde te los compraron?

—¿No te parece que hay cosas más importantes? —apuntó Eugenia casi sin despegar los labios.

—Sí, discúlpame —dije apenada en serio; no podía figurarme ninguna razón para estar diciendo tantas tonterías cuando en realidad me hallaba en una situación bastante rara, por llamarla de algún modo—. Tal vez estoy hablando así porque en el fondo tengo mucho miedo.

Mi excusa debió sonar razonable a Eugenia, pues algo parecido a una sonrisa curvó un poquito sus labios delgados y sin color, pero enseguida regresó su expresión triste.

—Todos tenemos miedo, Marta —me confesó con voz ausente; advertí que afirmaba en lugar de preguntar—. Unos a una cosa, otros a otra, pero todos lo sentimos alguna vez. Casi siempre, sin motivo, pero en ocasiones…

Se interrumpió bruscamente, como si el peso de lo que iba a decir fuera insoportable. No sé por qué en aquel momento se me ocurrió fijarme en la tela del vestido. Sí, era verde mar, tenía reflejos irisados que fluían y refluían como las propias olas, provocando un efecto hipnótico que estuvo a punto de hacerme dormir; por otra parte, la tela debía ser muy vieja, pues estaba gastada en muchas partes e incluso tenía agujeros y desgarrones.

Ya iba a hacer un comentario al respecto cuando observé el extraño rostro de Eugenia y... enmudecí.

En efecto, la niña miraba sin ver delante de ella, como si sus ojos estuvieran percibiendo a lo lejos algo que yo era incapaz de descubrir aun poniendo mis cinco sentidos. Además, su boca entreabierta dejaba ver sus dientes diminutos y casi transparentes (como los de las muñecas antiguas que

alguna vez mi abuela Clarita me enseñó en su casa tras sacarlas de un viejo
baúl), lo cual me produjo, no sé por qué,
una aguda sensación de temor.

—¡Eugenia, no te pongas así! —casi
grité, terriblemente asustada al verla
inmóvil—. ¡Háblame, di algo!

La niña parada frente a mí bajó la
vista hasta el suelo y mis ojos siguieron
idéntica trayectoria: el círculo de alacranes había desaparecido.

—¡Bravo, ahora podremos irnos! —
exclamé con alegría.

Eugenia no pareció compartir mi
estusiasmo, pues permaneció quieta y
sin decir palabra. Luego, al cabo de
unos segundos, giró media vuelta y dio
tres pasos en dirección a una esquina
de aquel cuarto bien iluminado, se detuvo, volteó a verme y me hizo una seña
para que la siguiera.

Debo confesarles que sentí un miedo enorme. Nunca en mi vida había

visto yo una mano tan transparente como aquella con que Eugenia me invitaba a seguirla. No, no exagero: a través de la palma alcancé a distinguir la perilla de una puerta situada a la derecha de la niña y hacia la cual nos encaminábamos.

Sin duda, ése era un día bastante loco. Primero, tuve una pesadilla con *La reina de las nieves*, luego desayuné sin mis papás por haberme quedado flojeando, después no encontré mis dichosos tenis y sí una *cosa* repelente que acabó metiéndome en el túnel por donde llegué al cuarto donde estaban los alacranes y Eugenia, y ya en el colmo, ahora resultaba que esta niña tenía manos transparentes. ¡Era demasiado!

—¿Por qué tienes esas manos tan raras? —pregunté y al momento me sentí tan tonta como Caperucita.

—¿Qué tienen de extraño? —respondió Eugenia, regresando a su forma original de contestar con preguntas, aunque esta vez no me molestó.

—No sé, me parecieron transparentes y yo...

—¿Ya te fijaste en los alacranes...? —dijo Eugenia para cambiar de tema.

—¡No están, se fueron hace mucho! —contesté molesta.

—¿Me creerías si te digo que aún están observándonos desde todos los rincones?

—¡Por supuesto! ¡Más raro sería que hubieran desaparecido en el aire!

—¿No notas algo diferente en este cuarto? —continuó Eugenia, como si a fuerza de preguntas quisiera obligarme a advertir algo.

Moví la cabeza a un lado y otro, di media vuelta, regresé a mi postura anterior, todo eso tratando de distinguir cualquier cambio en el entorno, pero mis ojos no lograban descubrir nada nuevo hasta que...

¡Vi entornada la puerta!

—¡Estaba abierta!—exclamé con evidente enojo, pues a decir verdad me molestó mucho no haber advertido antes aquel hecho.

—¿De veras quieres salir de aquí? ¿No preferirías quedarte en este lugar que ya conoces?

Si Eugenia María Concepción quería desanimarme, se equivocaba por completo, pues sus insinuaciones tuvieron el efecto contrario. Olvidé mi miedo y con paso resuelto me acerqué a la puerta.

Antes de cruzarla, me detuve un instante para observar la reacción de Eugenia. Y cuán grande fue mi sorpresa... ¡ya no estaba!

CAPÍTULO 4
¿Dónde estabas?

Sin perder el tiempo en tratar de razonar sobre tan repentina desaparición, me lancé a atravesar la puerta entreabierta. Del otro lado encontré un largo pasillo, tan lleno de vueltas y recodos como uno de esos laberintos que aparecen dibujados en los libros de pasatiempos para que los recorramos con un lápiz hasta dar con la salida. Sólo que, en este caso, el laberinto era real y yo estaba perdida en su interior.

De tanto en tanto me invadía la sensación de estar caminando en círculos, pues me parecía reconocer algún detalle de las paredes del pasillo, porque si bien todas eran de un uniforme color gris, había visto algunas manchas de otro tono, ciertas zonas descoloridas y uno que otro rayón que se destacaban nítidamente del fondo grisáceo. A pesar de todo, continué avanzando con total decisión hasta que, de pronto, aparecieron ante mí dos caminos. ¿Por dónde debía seguir, por la derecha o mejor por la izquierda?

En ese instante recordé haber leído, no sé dónde, una situación semejante. El héroe (¿o se trataba de una heroína?) había resuelto el problema echando un *volado*, así que busqué una moneda en el bolsillo de mi pantalón. Hurgué por un buen rato antes de convencerme de que no traía ni cinco centavos.

Seguía en el mismo sitio, sin atreverme a hacer ni el menor movimiento (todavía estaba fresco en mi memoria el recuerdo de los alacranes), cuando creí oír el rumor de unos pasos distantes.

46

Mi corazón dio un brinco enorme. ¡Había alguien más en el laberinto! Deseé con toda el alma que fueran mamá o papá o, ya de perdida, Juan Carlos. Era raro, pero en esos momentos echaba de menos hasta a mi latosísimo hermano mayor.

Llena de esperanza decidí aguardar unos minutos a que apareciera cualquiera de mis familiares. No quería moverme por temor a no ser encontrada rápidamente.

Me sentía muy contenta al pensar que muy pronto iba a estar fuera de aquel lugar feo y solitario, y más importante todavía, de nuevo con mis papás y hermano. Ni se me ocurrió que los pasos pudieran pertenecer a alguien ajeno a mi familia...

Las pisadas fueron acercándose más y más. El sonido de unos pies grandes, pesados, que caminaban como arrastrando los zapatos se hizo cada vez más claro. Ni papá ni Juan Carlos, mucho menos mamá, andaban de ese modo. Entonces comprendí que quien venía hacia mí no era nadie conocido, y el miedo se apoderó nuevamente de todo mi ser. Los pasos se oyeron a poca distancia de donde yo estaba, se aproximaron más todavía hasta sonar a unos cuantos centímetros de mí... y yo seguía sin ver a nadie. Muerta de miedo me pegué a la pared. Las pisadas pasaron junto a mis pies, prosiguieron su camino por la derecha, alejándose hasta que ya no las escuché más.

¡Pasos de fantasma!, hubiera querido gritar, pero la voz no salió de mi garganta. Sentí que el piso faltaba bajo mis pies y me recargué con fuerza en la pared.

Pasados unos segundos, decidí seguir caminando pero por el pasillo abierto a la izquierda. Fue una buena decisión, la mejor de todo aquel horrible sábado.

48

De pronto me encontré en un amplio corredor con grandes ventanas desde donde podía verse un prado inmenso y totalmente verde.

«¡Cómo me gustaría estar ahí! —deseé de todo corazón—, seguramente no me toparé con niñas transparentes ni con pisadas sin cuerpo ni con alacranes.»

No sé cómo, pero el hecho es que de repente me hallé sentada en la hierba. Ahí sólo había un campo extenso y muy bonito, con unas cuantas matas aquí y allá, y ni rastro de corredor ni cosa por el estilo. Desde luego, brillaba sobre mi cabeza un espléndido sol en medio del cielo azul. En fin, casi como un sábado cualquiera, excepto porque aquel prado no se veía como mi casa ni como la calle donde vivo ni, para decirlo pronto, como ningún otro lugar conocido por mí.

¿Adónde había llegado? Me puse a pensar con cuidado porque no era cosa de quedarme así nada más. Tenía que encontrar la manera de regresar a casa con mi familia, pues de otro modo podría quedarme ¡perdida, extraviada para siempre!

Semejante idea me asustó bastante y ya para sustos había tenido más que suficiente; por tanto, traté de recordar cómo había llegado hasta ese prado, lo cual no fue difícil; después de todo, mis problemas comenzaron, no hacía mucho, con los tenis perdidos.

Dirigí la vista a las calcetas color de rosa que cubrían mis pies. ¡Al menos seguían ahí! Después de tantas cosas extrañas, casi me hubiera parecido normal no traer calcetas o verlas moradas o amarillo neón. Sin dudarlo mucho, me las quité con el propósito de verme los pies y averiguar si también éstos continuaban sin cambios. Estaba observándolos con mucho cuidado cuando sentí clavada en mi nuca una mirada muy penetrante. Desde luego, volteé para ver de quién se trataba.

—¡Eugenia!

Mi grito hizo retroceder dos pasos a la niña de ojos tristes.

—¿Dónde te habías metido? —me preguntó, ¡como si yo fuera la desaparecida y no ella!

—¿Cómo que dónde? Tú me dejaste aquí sola y ni siquiera me dijiste adiós —repliqué con energía, poniéndome de nuevo las calcetas.

—¿Estás segura de que fue así?

¡Ay, Dios, otra vez su jueguito de *contesto con otra pregunta* que me caía tan mal! Decidida a terminar de una vez por todas con esa costumbre de Eugenia, le pagué con la misma moneda:

—¿Por qué me lo preguntas?

Eugenia María Concepción abrió la boca para decir algo, pero la cerró de inmediato al comprobar que, por esa vez, no había caído yo en su juego tonto. En lugar de decir algo, se me acercó hasta que sus trenzas rozaron mi mejilla. El contacto me hizo brincar. Nunca habría supuesto que tuviera el pelo tan *eléctrico* como para dar toques o algo parecido. En todo caso, me estremecí como gelatina sin poder evitarlo. Ya junto a mi oído, murmuró:

—De veras, Martita, ¿no crees que me gustaría ayudarte?

—Entonces, ¿por qué no lo haces? —le reproché enojada—. Tú pareces conocer todo este lugar, debes saber cómo salir.

—¿No te lo dijo tu mamá?

¡Ah!, hay cosas imposibles, y tal vez para Eugenia dejar de hacer preguntas era una de ellas. Bueno, ni modo, tendría que aguantarla otro rato hasta averiguar dónde estaba la salida, si quería pasar el resto del sábado acompañada de personas más agradables y menos preguntonas.

—No, Eugenia, no me dijo cómo salir de aquí —recalqué en tono molesto—. Además, creo que ni sabe cómo entrar, pues de lo contrario me habría advertido al respecto, ¿no te parece? Después de todo, yo estaba en nuestra casa y… ¡Oye, es cierto!

De pronto todo me parecía muy claro. Mamá me había advertido que no fuera a pasear al reino de la fantasía porque después tal vez no resultara fácil el regreso. Yo creía haber hecho caso de su consejo, pero todo indicaba que realmente no era así. De algún modo misterioso y sin proponérmelo, me había colado en el reino de lo imaginario. ¡Eso era, ahí estaba la clave!

De un salto me puse en pie y comencé a aplaudir como si acabara de ocurrírseme la idea más genial.

Al ver mi conducta, Eugenia pareció sorprenderse y no tuve más remedio que contarle mis notables ideas. En cuanto cerré la boca, esperando alguna respuesta de su parte, Eugenia me miró con absoluta seriedad, negó suavemente moviendo la cabeza, y me dijo:

—¿Aceptarías, Martita, que estás en un error? Nadie se mete en el reino de la fantasía por equivocación o sin darse cuenta. ¿No crees que tu problema es mucho más serio... y hasta diría yo que *muy grave*?

Volví a sentarme en la hierba para observar con calma los ojos tristes de Eugenia. Por estar demasiado concentrada en mi problema, ni siquiera le había preguntado cuál era el de ella, qué la hacía verse tan triste y si existía alguna solución.

No tuve necesidad de expresar todo eso con palabras, mis ojos lo dijeron por mí, y entonces Eugenia María Concepción inesperadamente me respondió en forma directa.

CAPÍTULO 5
¡Perdida para siempre!

Levantó la cabeza para mirar al frente, dejó caer sus manos en el regazo, y comenzó a decir:

—Hace mucho tiempo, vivía con mis papás en una casa enorme en el límite entre la ciudad y el campo. Como soy la menor de ocho hermanos, ya te podrás imaginar cuántos mimos recibía todo el día. Es más, decían que era la consentida de mi papá porque los sábados siempre me llevaba algún regalito y sólo muy rara vez me regañaba.

—Yo también tengo un papá bastante consentidor —apunté para no quedarme atrás—. Además es cierto.

Eugenia asintió con la cabeza y, sin variar de postura, continuó su relato:

—Mamá se me hacía muy estricta, siempre diciéndome "guarda tus cosas", "no dejes todo tirado", "haz la tarea", y cosas como ésas, tú sabes.

—Todas las mamás son igualitas, a lo mejor las cortaron con el mismo molde —agregué con ganas de hacer sonreír un poquito a Eugenia, pero sin lograrlo—. Bueno, la mía se pasa...

—Eso mismo pensaba yo de mi mamá —continuó Eugenia dando un suspiro—. Hasta llegué a imaginarme que su consentido era mi hermano mayor, que no me quería porque siempre me regañaba para acabar diciendo que *le gustaría no volver a verme*...

—¡Qué cosas se te ocurren! —exclamé fingiendo asombro para disimular que muchas veces yo había pensado más o menos lo mismo—. Tengo un hermano algo mayor que yo, es muy latoso, siempre anda molestándome y nos peleamos muy seguido. Mi mamá le llama la atención pocas veces, porque es su consentido, pero eso no significa que ella no me quiera.

De repente, me di cuenta de cuán injusta había sido con Juan Carlos, acusándolo de molestarme cuando muchas veces era yo quien le buscaba pleito. También recordé con cuánta frecuencia me enojaba con mi mamá cuando ella pedía que hiciera algo o cumpliera con alguna de mis obligaciones. Sin poder evitarlo, bajé la mirada.

Por su parte, Eugenia continuó:

—Iba a haber una gran fiesta con baile y cena, para la cual mis papás habían recibido invitación. Con gran entusiasmo vi cómo empezaban los preparativos para ese día. Mi madre arregló la ropa adecuada para todos mis hermanos, incluso cosió con sus propias manos el vestido que llevo puesto y se mostró orgullosa de mi aspecto cuando me lo probé.

—La verdad, es muy bonito —intervine con cautela.

Eugenia recogió en sus manos el gran vuelo de la falda, se puso de pie y dio una vuelta completa para dejarme admirar el bello vestido verde mar.

—Y estaba todavía más bonito aquel día —afirmó suspirando, con la mirada extrañamente fija en el vacío—, pero me entró el capricho de decir que me había quedado corto, que lo quería hasta el suelo como el traje de mi mamá. Naturalmente, me respondieron que las niñas no usaban el vestido tan largo y además ya era demasiado tarde para hacer modificaciones…

Abrí los ojos de sorpresa, porque no me imaginaba a Eugenia, quien parecía tan seriecita y formal, haciendo un berrinche de ésos en los que soy toda una experta. Sí, de veras, el año pasado armé un escándalo en Navidad porque mis papás no quisieron comprarme unos pantalones con agujeros al estilo *punk*, y me encerré en mi recámara a leer cuentos hasta la hora de la cena. Claro, con el enojo ni disfruté los platillos preparados por mi abuelita, y eso que soy muy golosa. Eugenia me observaba con pena, fijando en mí sus ojos tan tristes.

—No contenta con todo eso —prosiguió—, lloré y amenacé con no ir a la fiesta. Mamá estaba a punto de decir algo cuando mi papá intervino: "Si no quieres acompañarnos, te quedarás en casa, castigada." Todos se fueron, mientras yo, en pleno berrinche, me dije que así era mejor, porque podría bajar a la cocina a cualquier hora para merendar a mi antojo. Luego...

Un ruido extraño interrumpió a Eugenia. Era una especie de crujido que parecía salir del suelo donde nos habíamos sentado. El viento comenzó a soplar con fuerza y en un dos por tres el cielo se cubrió de nubes oscuras.

Me levanté sin decir una sola palabra y tomé de la mano a Eugenia, la obligué a ponerse de pie y ambas echamos a correr por el campo, buscando con afán algún lugar donde poder meternos, porque creímos que no tardaría en llover.

La oscuridad aumentaba a cada momento y no alcanzábamos a distinguir ningún sitio apropiado para refugiarnos hasta que me pareció ver la entrada de una especie de casa. Sin soltar a Eugenia, salí disparada en aquella dirección.

Apenas llegamos a la casa cuando comenzó un terrible aguacero. Como no daba con el timbre, decidí golpear directamente en la puerta, pero Eugenia me detuvo la mano.

—No toques aquí, por favor —me pidió con una voz llena de miedo.

—¿Por qué no? No se ve otra vivienda por aquí y vamos a empaparnos —alegué casi a gritos—. ¿Acaso quieres mojarte?

—No —me respondió temblando—, pero mejor buscamos otro sitio.

—¿Cuál?

—No sé, otro cualquiera —insistió sin dejar de mirarme fijamente—, pero aquí no, por favor.

Por primera vez Eugenia hablaba sin rodeos ni preguntas y sin embargo yo no era capaz de entenderla. Decididamente, ese sábado era un día de lo más difícil.

De pronto se oyó un rechinido horrible, como para helar la sangre del más valiente —y yo obviamente no lo soy—. Levanté la cara y en lo alto vi una especie de ventana con los vidrios rotos por donde se asomó un hombre con una cara tan pálida y sin vida como la de los muertos.

—¡Vámonos, corre! —grité con todas mis fuerzas, esperando ser oída por Eugenia.

Contra mi costumbre, volteé a ver si mi amiga de mirada melancólica estaba de acuerdo conmigo. Por suerte, así era, pues Eugenia ya iba corriendo junto a mí a toda la velocidad que su vestido le permitía.

En dos segundos quedamos completamente mojadas. No obstante, seguimos corriendo hasta que mis pulmones no pudieron más y me dejé caer al suelo.

—¡Vamos, ya falta poco! —me dijo Eugenia, siempre misteriosa.

—¿Poco para qué?

—Para ponernos a salvo —concluyó con firmeza.

Continué avanzando sin discutir porque no era momento para preguntar de qué debíamos salvarnos. Lo urgente era hacerlo ya. En ese momento,

¡cómo me hubiera gustado ver aparecer a Juan Carlos con su bicicleta! De seguro habría podido pedirle que nos llevara, y él, aunque es medio enojón, no se negaría.

Por fin, Eugenia se detuvo bruscamente y yo la imité de inmediato. Tardamos un buen rato en calmarnos y recuperar el ritmo normal en el pulso y la respiración.

—Bueno, ahora sí aclárame una cosa —dije con firmeza—: ¿de qué debíamos ponernos a salvo?

—No *debíamos*, debemos aún, Martita —contestó Eugenia—. En este lugar, hay muchos peligros y nunca se sabe con seguridad...

—Exageras, Eugenia —le dije con fastidio—. Aparte de la *cosa* aquella y de los alacranes, no he visto nada riesgoso. Además, se supone que uno se imagina lo que quiere cuando está en el reino de la fantasía y...

—El problema, Martita —me interrumpió la niña de ojos tristes—, es que no estamos donde tú supones.

—¿Ah, no? Pues entonces, explícame bien, ya que estás tan enterada.

—He tratado de hacerlo, pero no me dejas. Piénsalo bien y dime: ¿te parece raro todo este lugar?

—Pues sí, bastante —reconocí.

—¿Y no crees que, si fuera imaginario, te bastaría con abrir los ojos para salir de aquí?

—Sí, pero...

—Admite de una vez que esto no se parece a nada de cuanto has leído, visto u oído.

Había una gran preocupación en los ojos tristes de Eugenia y me sentí obligada a aceptar lo que decía.

—Mira, Martita, antes de ser interrumpida por la tormenta, estaba a punto de decirte cómo llegué aquí. ¿Quieres saberlo?

64

—Sí, por favor, contesté con rapidez, esperando saber más tarde cómo salir.

—Fui a la cocina, como ya te dije, y encontré dispuesta una charola con mi merienda, pero como estaba enojada decidí no probar nada. Me puse a abrir las alacenas y en una encontré un tarro cerrado. ¿Sabes lo que contenía?

—Si no me lo dices…

—Pues una mezcla rara que sabía a frijoles refritos con helado de pistache y mermelada de naranja…

—¡No me digas! Había uno igual en la cocina de mi casa. Ni siquiera lo vacié en un plato, yo…

—Sí, también hice lo mismo —completó Eugenia—. Nunca había comido algo tan extraño, pero estaba contrariada, hambrienta, y era muy glotona…

Sus palabras me causaron un miedo terrible. ¡Las dos estábamos atrapadas en aquel horrible lugar por causa de aquella rarísima mezcla! ¿Qué poción mágica era ésa que nos había arrastrado a tan extraña situación?

Traté de calmarme, pues de lo contrario no podría oír el final del relato y menos hallar la solución porque, de eso estaba segura, debía haber una.

—Después fui a buscar mis botines viejos, pues los nuevos me molestaban bastante, y en lugar de dar con ellos encontré un agujero en la pared… Desde entonces ando en este lugar. De eso hace ya mucho, mucho tiempo.

Permanecimos en silencio lo que me pareció una eternidad. Mi mente se esforzaba en encontrar el modo de salir de aquel sitio de pesadilla, pero mientras más vueltas le daba al asunto, menos claro me parecía todo. Me sentía cada vez más cansada y una sola idea bailoteaba en mi cabeza:

¡Ahora sí estaba perdida y al parecer para siempre!

CAPÍTULO 6
El piso de ajedrez

Las lágrimas inundaron mis ojos, se desbordaron y comenzaron a chorrear desde mis mejillas hasta el cuello de mi playera, ya mojada por la lluvia. Me sentía tan mal, tan sola, tan abandonada...

Luego de unos momentos sentí unas suaves caricias en mi frente y poco a poco fui dejando de llorar. Rodeándome los hombros con su brazo, Eugenia esperó a que acabara de calmarme.

Empezaba a darme cuenta del tamaño de mi problema. ¡Cómo no me había fijado antes en ciertos detalles! En efecto, el vestido de Eugenia debió haber llamado mi atención, dándome una pista importante. No sólo era diferente a cualquier vestido mío o de mis amigas, sino que realmente se trataba de un modelo antiguo, muy semejante al que me enseñó mi abuela Clarita en una vieja foto donde aparecían algunos familiares suyos que eran niños ¡a principios de siglo!

Y luego esos botines... Recordé que una vez en la escuela, para un festival, íbamos a presentar un bailable vestidas como en la época de don Porfirio y la maestra Adelina llevó un libro con fotos de ese tiempo para que viéramos cómo eran entonces la ropa y el calzado; ahí vi unos botines igualitos a los de Eugenia María Concepción, que cubrían todo el tobillo.

Así que... ¿cuánto tiempo llevaba la niña de la mirada triste vagando en este lugar, 90 años o más? ¿Iría a pasarme lo mismo?

Dominada por el terror, me tapé la cara con las manos y me puse a llorar desconsoladamente.

—Vamos, Martita, sécate las lágrimas. Creo que eres muy valiente y no debes desesperarte.

Pensé que Eugenia me decía eso para consolarme de alguna manera y por ninguna otra razón. Sin embargo, me tranquilicé algo. Si en este mundo alguna persona tenía motivos para estar triste y desesperada, pensé, sin duda era Eugenia, quien llevaba tanto tiempo alejada de su familia y de todo cuanto había conocido y amado, pero en realidad parecía más bien soportar con paciencia la situación. Entonces, ¿por qué no imitar su conducta?

Un poco más animada por esos pensamientos, me sequé los ojos y miré a mi amiga.

—Así está mejor —dijo Eugenia, con una sonrisa dibujada en sus labios pálidos—. Ven, iremos a un sitio donde podamos descansar un rato.

Nos levantamos y comenzamos a caminar en dirección opuesta (al menos eso creo) a la casa de la ventana rota y el hombre cuya cara nos había dado tremendo susto.

Finalmente llegamos a algo parecido a un gran edificio blanco, con una enorme puerta de cristales. Nos acercamos despacio.

En la entrada, me sorprendió ver a una mujer que parecía estar esperándonos al otro lado de la puerta. En cuanto estuvimos cerca, ella nos hizo señas invitándonos a entrar. Eugenia me apretó la mano y traté de sonreír, luego ambas penetramos en el edificio.

—Ésta es Martita —dijo simplemente mi amiga.

Deduje que las dos se conocían y en cierta forma me pareció normal. Si Eugenia tenía tanto tiempo de andar por aquel sitio, nada raro sería que conociera a los demás habitantes. Quizás yo misma acabaría por conocerlos también, si me quedaba por ahí una larga temporada... Aquella idea me produjo escalofríos.

Eugenia debió advertirlo, pues enseguida me dio otro apretoncito en la mano como para animarme.

Me sentía bastante extraña al saber que era observada con tanta atención, pues la mujer parpadeaba tan poco como mi amiga, y sin darme cuenta bajé los ojos. Mi mirada se clavó en el diseño del piso. Estaba formado por losetas cuadradas en las que se alternaban dos colores, como en los tableros de ajedrez, pero en vez de ser blanco y negro, eran verde y rosa, éste del tono exacto de mi playera.

Por curiosidad, me agaché para ver de cerca una de esas losetas y ¡qué sorpresa!, en el centro tenía dibujados unos personajes bien conocidos por mí: Hansel y Gretel en la casita de dulce.

La loseta de junto tenía diferente dibujo: Cenicienta con su vestido de baile, en el momento de dejar caer su zapatilla de cristal. Más allá, otra contenía una escena de Blancanieves: la bruja dándole a la princesita una manzana envenenada.

Cada uno de los cuadrados del piso mostraba un personaje distinto de alguno de mis cuentos de hadas preferidos. En poco tiempo reconocí a Piel de Asno, la Bella Durmiente, el Sastrecillo Valiente, el Patito Feo, la Sirenita, Riquete el del Copete, Ricitos de Oro, y a muchísimos más, pues eran muy numerosas las losetas de aquel piso de grandes dimensiones.

De pronto, aquello me pareció muy sospechoso. ¿Qué tenían que ver los personajes de los cuentos de hadas con semejante edificio?

Eugenia me dio un ligero codazo para llamar mi atención. Alcé la vista y encontré fijos en mí los ojos de la dama, quien al parecer esperaba que yo terminara de inspeccionar el piso para dirigirse a mí.

—Bien, veamos a la candidata —pronunció la mujer con lentitud.

¿Candidata? ¿Se refería a mí? Aquellas palabras me hicieron sentir nerviosa de veras, pero no tanto como lo que siguió: la mujer me sujetó la mano derecha, la apretó y luego la soltó con disgusto; después hizo lo mismo con la izquierda.

—Mmm, tal vez no sirva —comentó mirando a Eugenia sin parpadear—; está demasiado *compacta*, ¿entiendes?

Mi amiga avanzó un paso antes de contestar:

—Bueno, pero podríamos hacerle una prueba, ¿no?

Volteé a ver a Eugenia. ¿De qué lado estaba, del mío o del de esa extraña mujer? Ni siquiera me devolvió la mirada y prosiguió como si no estuviera presente:

—Ya sé que está *compacta*, es tan glotona como yo lo era, pero en estos tiempos viene poca gente y no siempre podemos escoger…

—Tienes razón —aceptó la mujer—. En fin, podemos intentarlo.

¿Intentar qué?, me hubiera gustado preguntarles, pero mi voz se había ido a esconder en lo más profundo de mi garganta y no quiso salir.

—Acércate más —dijo la mujer extendiendo hacia mí su brazo huesudo—, no tengas miedo.

¡Por supuesto, eso bastó para ponerme a temblar como jalea de membrillo! Y aunque no tenía ninguna gana de acercarme a la mujer, mis pies solitos me llevaron junto a ella, exactamente a cinco centímetros de sus ojos, siempre abiertos.

74

—Trata de no parpadear tanto —me pidió con voz seca y autoritaria—, será un buen principio.

¿El principio de qué? Me negué a responderme; era obvio que Eugenia y aquella mujer no parpadeaban, o al menos yo no las había sorprendido haciéndolo. Además, si mi amiga fue alguna vez una niña normal, debió aprender a no parpadear durante el tiempo que llevaba en aquel mundo de pesadilla. ¿Querían hacer lo mismo conmigo, enseñarme a no mover los párpados? ¿Para qué?

La voz de la mujer me sacó de mis pensamientos:

—Muy bien, ya veo que sabes obedecer. Ahora, ve hasta esa puerta, ábrela y entra en la tercera habitación de la derecha.

Enseguida señaló con el pulgar un sitio indefinido a sus espaldas, hizo el gesto de dar vuelta a una cerradura y luego juntó ambas manos como si fuera a tirarse de clavado. Sus ademanes me confundieron.

—Perdón, pero ¿que haga qué? —pregunté con lengua increíblemente torpe, como si fuera de algodón o estopa.

La mujer me repitió sus instrucciones, sólo que acompañadas por gestos diferentes, lo cual sólo sirvió para confundirme todavía más. Eugenia se acercó a decirme:

—Ve a pararte allá, escoge una loseta y espera ahí. ¿Entendiste?

—Creo que sí —contesté insegura, pero me encaminé al sitio indicado.

Miré el piso y observé que la loseta donde estaba parada tenía una escena del cuento de Pulgarcito. Se me hizo raro que el personaje no llevara sus famosas botas de siete leguas y me agaché para verlo más de cerca.

Al instante, se abrió un agujero negro bajo mis pies y... ¡caí!

CAPÍTULO 7
En la trampa

Mis manos no encontraban de dónde sujetarse, pataleaba desesperada y, durante lo que me pareció una eternidad, seguí bajando y bajando, aunque, para mi sorpresa, sin mucha velocidad. De pronto, mi cuerpo chocó con el duro suelo y estuve tambaleándome algunos segundos hasta que conseguí mantenerme de pie. Extendí los brazos para ver si tocaba algo. Por fin, después de largo rato de andar a tientas, logré hacerme idea de dónde estaba: una especie de túnel o corredor.

Allí la oscuridad era casi total. Apenas podía ver mi mano delante de la nariz, sin embargo continué adentrándome con una obediencia tan completa que hasta a mí me sorprendió.

Finalmente llegué a una habitación, entré y me senté a esperar en un banquito, junto a la mesa donde había una vela encendida para proporcionar un poco de luz. La flama proyectaba sombras temblorosas en las paredes y en el suelo de madera. Por cierto, noté que las tablas estaban apolilladas y medio podridas en varias partes.

Toda la habitación aquella tenía un olor penetrante que me recordó el de las carnicerías, y para olvidarme un poco de él, me puse a observar aquél lúgubre cuarto.

Como no había ventanas y toda la luz procedía de la vela, no lograba ver gran cosa, aunque sí lo bastante para darme cuenta de lo repugnante del lugar: muebles escasos (sólo la mesa, el banquito y una cama enorme, bastante desvencijada, junto a la cual había un par de botas viejas y deformes), paredes sucias y con grandes manchas de humedad, el piso viejo, con tablas flojas y rechinantes, al centro del cual creí notar una especie de tapa con una argolla de hierro en una orilla.

Aquel detalle me puso nerviosa. ¿Para qué podía servir esa tapa? ¿Y si cerraba la entrada de algún túnel?

Por otra parte, mis ojos iban acostumbrándose a la penumbra y advirtieron un gran caldero puesto en un rincón, no lejos de la cama. Me acerqué a ésta, y al llegar junto a ella tropecé con las botas. Levanté una para verla mejor; pesaba mucho, tal como podía esperarse de un calzado tan enorme. ¿De qué tamaño sería el pie de quien usaba semejantes botas?

Temblando de miedo y curiosidad, le di vuelta para mirar la suela. Me pareció que en ésta había algo escrito, así que me llevé la bota para examinarla a la luz de la vela.

En efecto, la suela tenía este letrero: "Botas de siete leguas". ¿Como las de Pulgarcito? ¡No, corrección: semejantes a las del ogro que quería comerse al personaje en el cuento! Del susto, dejé caer el calzado.

¡Aquello no podía estar ocurriendo! ¡No, había un error, YO no era ningún personaje de cuento! Asustada al máximo, regresé corriendo junto a la cama, toqué sus cobijas, las jalé y quedaron al descubierto las almohadas donde vi, perfectamente alineadas, las siete coronas que debían ponerse las hijas del ogro... para no ser confundidas por éste con los niños que llevaba a su casa para ¡guisarlos enteritos en el caldero y comérselos!

Horrorizada, fui a sentarme en el banquito para ver si ponía en orden mis ideas, pero lo único que se me ocurrió fue mirarme los pies sin zapatos... Entonces me di cuenta de un detalle: ¡estaba descalza, como Pulgarcito! ¿A poco iba yo a hacer su papel en esta historia? Sólo que yo, bueno, no recordaba qué había hecho el diminuto protagonista para librarse del ogro.

¿Qué debía hacer antes de que el monstruo apareciera?, porque después no podría realizar gran cosa y seguramente me convertiría en la cena de alguien infinitamente más glotón que yo. Como no recordaba bien el final del cuento, traté de inventarle uno adecuado a mis circunstancias, pero cada vez que se me ocurría algo, mi imaginación me presentaba la escena que intentaba evitar: ¡Marta metida hasta el cuello en el caldero puesto al fuego!

De repente, el piso rechinó de un modo horrible, como si la madera estuviera rajándose, y la tapa del piso comenzó a levantarse muy despacio, sin duda empujada desde abajo por algo o alguien muy fuerte.

Me puse en pie de un brinco y, temblando de miedo, fui a pegar la espalda contra la pared. Mis piernas apenas podían sostenerme y estaba respirando con tanta velocidad como si acabara de correr el maratón olímpico.

Miré en todas direcciones tratando de localizar un rincón, una abertura, en fin, cualquier parte por donde pudiera escapar o esconderme. ¡Nada!

Con un violento empujón, la tapa saltó por el aire y fue a caer a escaso medio metro de mis pies, dejando al descubierto un agujero cuadrado y oscuro como boca de lobo, del cual salió una ráfaga de viento helado.

Desde donde me hallaba, alcancé a ver lo que primero me pareció la pata peluda de algún animal grande (un lobo, pensé), quien brotó del agujero y se agarró al borde extendiendo tres dedos largos, huesudos y armados con uñas como ganchos. Definitivamente, no era la pata de ningún animal conocido, sino una especie de brazo... fuerte, a pesar de no ser muy grueso.

Un sudor helado empapó mi frente y los escalofríos recorrieron mi espalda. ¿Qué era *aquello*? Con los ojos abiertos de espanto, contemplé cómo aparecía otra garra idéntica a la primera y luego asomó la cabeza... ¡El ogro!

¡Dios mío! ¡Era lo más horrible que pudiera imaginar! En medio de un revoltijo de pelos largos y mugrientos, los ojos enrojecidos y furiosos giraban en todas direcciones como si... ¡me buscaran a mí!

Me dejé caer al piso, paralizada de terror. Fue inútil tratar de levantarme, las piernas no me obedecían.

Aquel ser gigantesco, feísimo y sucio hasta lo increíble, que avanzaba casi en cuatro patas, dio varias vueltas en torno del agujero por donde había salido, gruñendo sin parar y echando una baba espesa por la enorme boca, con colmillos larguísimos y afilados que semejaban puñales...

Luego, en cuanto se dio cuenta de mi presencia, comenzó a acercarse sin dejar de gruñir.

Yo no podía apartar la vista de su boca espantosa, abierta completamente, de la cual brotaban unos sonidos horripilantes, inhumanos, terribles, y casi sentía clavarse en mi carne aquellos dientes parecidos a los del tiburón. Me fui encogiendo hasta pegar el mentón a mis rodillas y quedé paralizada por una idea insistente y maligna: Pulgarcito se había salvado, pero yo no podría lograrlo, no tenía escapatoria, ¡iba a morir en manos —o en boca— de aquel ser inmundo!

Cuando estuvo a menos de dos pasos, el ogro se enderezó por completo,

84

entrecerró los ojos y lanzó un potente aullido:

—¡A carne humana me huele aquí…!

Como se guiaba más por el olfato que por la vista, ya que era miope, buscó a tientas a su víctima —¡a mí!—, alargó hacia donde estaba yo su asquerosa garra y… ya no supe de mí.

CAPÍTULO 8
La promesa

Me pareció oír a lo lejos una voz que me llamaba:

—¿Ya terminaste, Marta? —preguntaba la mujer—. Así lo espero, porque debo decirte algo importante.

Abrí los párpados. El cuarto asqueroso había desaparecido y, en su lugar, de nuevo tenía ante mis ojos la habitación del piso como enorme tablero de ajedrez.

Desde luego, traté de poner atención a sus palabras y para ello decidí sentarme a los pies de la mujer, pues yo estaba de veras cansada. Me sentía débil y no sabía de donde tomar fuerzas.

—Hace no mucho tiempo —comenzó a decirme—, hiciste una promesa muy formal, ¿te acuerdas?

Quedé boquiabierta. ¿A qué se refería? No podía recordar casi nada aparte de mi recorrido por el túnel, la habitación de los alacranes, el prado y... el monstruo aquel. ¿Cuál promesa?

—Inténtalo, por favor —me pidió suavemente—. Es muy importante.

Miré a Eugenia, quien me observaba fijamente, invitándome con los ojos a hacer un esfuerzo por recordar. Cerré con fuerza los párpados para concentrarme mejor, como hacía durante los exámenes de historia. Mis pensamientos iban y venían, girando a toda velocidad, pero no lograba encontrar el recuerdo solicitado.

—Yo sé que puedes lograrlo —insistió la mujer.

—¡No me acuerdo! —exclamé con desesperación.

Era cierto. Una especie de niebla en mi mente me impedía recordar, ya no digamos la famosa promesa, sino siquiera cosas más sencillas como, por ejemplo, el nombre de mi escuela.

Al darme cuenta de mi falta de memoria, el pánico se apoderó de mí. Si no lograba recuperar mis recuerdos, ¿cómo iba a poder salir de aquel insólito lugar de pesadilla?

—Ten calma —murmuró Eugenia—. Trata de pensar.

Apreté más los párpados, decidida a hacer un último esfuerzo. Casi podía sentir cómo pasaba el tiempo mientras mi mente seguía poco menos que en blanco y ya iba a darme por vencida cuando, de repente, ¡lo recordé!

Debí haber puesto cara de felicidad pues, sin abrir los ojos, escuché cómo la dama me decía:

—¡Eso es! ¡Lo lograste!

—Sí, señora —contesté con voz débil, porque estaba muy agotada—, ya me acordé. Le prometí a mamá regresar del reino de la fantasía. Pero no veo de qué me sirva ahora haber hecho esa promesa.

—¿Por qué dices eso?

—Porque me dijo Eugenia que esto no es el reino de la imaginación.

—Tu amiguita tiene razón en parte —admitió la dama—, pero por otra parte, quizás este lugar donde has entrado de manera tan extraña tenga una salida igualmente rara. ¿No habías pensado en eso?

Para ser sincera, pues no, ni se me había ocurrido esa posibilidad. Y peor todavía, ahora sentía tanto cansancio que mi mente se negaba a pensar en cualquier cosa que no fuera una cama para ponerme a dormir.

Quizás Eugenia notó cómo se cerraban mis párpados sin querer, porque me dio un discreto codazo y de inmediato abrí los ojos.

—No te duermas —me aconsejó muy preocupada—. Yo me dejé ganar por el sueño y, ya ves, todavía sigo aquí.

Tomé muy en serio su advertencia, pues aunque Eugenia me caía muy bien y cada vez me parecía menos extraña, de ninguna manera deseaba quedarme con ella para toda la eternidad.

—Ahora, Marta —intervino la mujer—, será necesario que pases por una prueba.

¡Ay, no, con lo que me chocaban los exámenes! La idea de verme obligada a responder un cuestionario me producía no sólo aburrimiento sino verdadero pánico, pues si en la escuela contaba con tiempo para estudiar con anticipación, ahora ni siquiera sabía qué podrían preguntarme.

—Bueno, si usted pudiera decirme por favor el tema del examen, yo me dedicaría a estudiarlo unos días y entonces tendría oportunidad de…

La dama se rió francamente. Eugenia alzó los ojos al techo, como si no pudiera creer mi tontería… ¿Pues qué había dicho mal?

—No, Marta, no se trata de un examen como los que tú conoces, sino más bien de enfrentar un reto, de vencer una dificultad y…

¡Más dificultades! ¡No, ya no quería tener que enfrentarme con lugares feos y malolientes, alacranes, pasadizos oscuros, cuartos locos, amigas con manos transparentes, ogros horrorosos ni nada por el estilo!

Nada más de pensar en que pudieran pedirme ir a la loseta donde había una escena del cuento de Barbazul, el noble que asesinaba a sus esposas por curiosas, se me hizo un nudo en el estómago. Y Eugenia estaba loca de remate si creía que ellas dos podrían mandarme a luchar contra la endemoniada bruja de Hansel y Gretel o, lo que era peor, a servir de alimento para algún dragón.

¡Basta! El maldito piso tenía tantas trampas mortales como losetas, todas repletas de monstruos insaciables y tragones. No, no volvería a participar en aquel juego del diablo. Era preferible resignarme a pasar toda la eternidad ahí con Eugenia y esa mujer cuyo nombre desconocía…

Aunque me daba trabajo pronunciar las palabras, expresé con claridad mi deseo de ser dejada en paz…

—¡De ninguna manera! —exclamó Eugenia con energía rara en ella—. No podemos permitir que te quedes aquí, tú no perteneces a este lugar.

—¿Tú sí? —pregunté con voz cada vez más débil.

—Más o menos —murmuró Eugenia un tanto apenada.

—Como sea —intervino la mujer—, lo importante es que tú debes salir de aquí para cumplir la promesa de regresar con tu mamá, ¿no es así?

—Sí —contesté con un hilito de voz, porque el cansancio apenas me dejaba mover los labios—, yo se lo prometí...

—¡Claro, y vas a cumplirlo! —insistió aquella mujer cuya voz se me hizo conocida de repente, pero yo tenía tanto, tanto cansancio...

—Te diré el secreto —murmuró Eugenia junto a mi oído—: para salir de aquí, ¡sólo tienes que desearlo con todo el corazón...!

¡Vaya si deseaba volver a casa con mi familia! Pero seguramente le quedaban muy pocas fuerzas a mi corazón porque, de repente, me envolvió la oscuridad total...

CAPÍTULO 9
¡Al fin!

La espaciosa sala de espera estaba llena de personas ansiosas de tener noticias de sus familiares que en esos momentos eran atendidos en Urgencias.

Juan Carlos llevaba varias horas en esa sala y ya no sabía ni cómo sentarse, pero no se quejaba; después de todo, estaba ahí para brindar apoyo, no para sentirse a gusto. Por enésima vez durante la tarde, volteó a ver a sus papás, quienes esperaban sentados junto a su hijo mayor.

—Familiares de la niña Marta Gallegos, favor de presentarse en Urgencias, puerta número tres.

Como impulsados por resortes, papás e hijo saltaron al oír el aviso por el altavoz y corrieron al lugar que se les indicaba.

—¿Señores Gallegos? —preguntó una mujer ataviada con una impecable bata blanca.

—Sí, somos nosotros —respondió el papá de Marta.

—Soy la doctora Martínez.

—Mucho gusto —contestaron en coro los padres.

—Estoy atendiendo a su hijita Marta y debo decirles que al fin va reaccionando positivamente. Hemos tardado mucho en avisarles cómo iba porque la niña nos mantuvo muy ocupados.

—¿Qué le pasó a mi hija, doctora? —quiso saber la angustiada mamá de Marta.

—Una intoxicación muy grave. ¿Sabe usted si comió o bebió algún alimento descompuesto?

—No, que yo sepa… Le dejé listo el desayuno pero no se lo di porque se quedó en la cama y yo tenía que salir, pero no me imaginé que hubiera nada malo en la leche o el jamón.

—Ya sabes cómo es Marta —intervino el papá, dirigiéndose a su esposa—, se pasa de glotona. Tal vez comió de más y no le cayó bien.

—Cuando la vimos tirada en el piso de nuestra recámara, nos imaginamos lo peor —agregó la mamá—. Por fortuna, todos regresamos antes de lo previsto, que si no…

El llanto interrumpió a la mamá de Marta y la doctora Martínez se apresuró a tranquilizarla:

—Sí, estuvo inconsciente varias horas antes de traerla al hospital y luego costó mucho trabajo sacarla de ese estado, pero la niña va a ponerse bien. Hace un momento acaba de despertar, ¿quieren verla?

Antes de que nadie contestara, Juan Carlos ya iba a paso largo rumbo al cuarto donde estaba su hermana.

Sin tocar a la puerta, se deslizó como una sombra y fue a colocarse junto a la cama donde Marta, ojerosa y despeinada, asomaba la cara por encima de la sábana.

—Hola —saludó Juan Carlos y no pudo agregar palabra porque la emoción no se lo permitió, pero apretó la mano de Martita.

La niña lo miró sonriente, demasiado débil todavía para responderle.

Al instante entraron los papás, seguidos por la doctora Martínez.

—Hijita, ¡gran susto nos has dado! —dijo el papá, sonriendo pero todavía preocupado.

—¡Mi cielo, vas a ponerte muy bien! —agregó la mamá.

—Por ahora, tendrás que dormir otro rato y, sólo hasta que se termine el suero —anunció la doctora, señalando el frasco medio vacío que colgaba de un soporte— podrás regresar a casa con tus papás. Y ustedes, ya saben, nada de darle golosinas, sino bastantes líquidos. Que permanezca en reposo sólo un par de días, con dieta ligera y…

Marta ya no oyó las últimas palabras de la doctora Martínez, porque se hundió en un sueño tranquilo y reparador, feliz al saberse rodeada de sus seres queridos y de vuelta al mundo cotidiano. Juan Carlos seguía sosteniéndole la mano para decirle, sin palabras, lo mucho que la quería.

Era la noche de un sábado especialmente extraño y difícil, sobre todo para el estómago de Marta. Con el nuevo día, la niña de las calcetas color de rosa y los pantalones de mezclilla podría dejar el hospital.

EPÍLOGO

Como dicen en los libros: colorín colorado, este cuento se ha terminado. Por suerte, digo yo.

¿Quién iba a adivinar que el recipiente dentro del *refri* contenía sobras hechas revoltijo? Mucho menos se me ocurrió pensar que lo había guardado Juan Carlos para un experimento en su escuela en el que iba a ver no sé qué de la descomposición de los alimentos... ¿Se imaginan? ¡Guácala!

Ninguna niña en su juicio se hubiera comido semejante porquería, pero tenía que ser yo, Marta la glotona, quien lo hiciera.

Salí del hospital el domingo a mediodía y mis papás dijeron que me quedara en casa todo el lunes para acabar de recuperarme. No me gusta faltar a la escuela, sobre todo cuando tengo tantas cosas que contar a mis amigas Antonieta y Marisela, pero no me quedó más remedio que obedecer a mis papás.

Hoy todo me parece tan normal que no alcanzo a comprender cómo o por qué el sábado lo veía de un modo diferente. Bueno, algunos detalles sí me los explico, pues no hice otra cosa que revolver en la mente mis propios recuerdos con asuntos sacados de cuentos y otras lecturas…

Papá me dijo que eso puede pasarle a cualquiera e incluso es algo bastante frecuente que, cuando soñamos, mezclemos hechos, recuerdos, temores reales y otras cuestiones; por eso los sueños son tan raros y chistosos.

Le di la razón, por supuesto, pero no le conté todo lo sucedido durante el tiempo en que estuve *inconsciente*. A mamá sí le platiqué de Eugenia.

—Es como si hubieras viajado por un territorio extraño y misterioso, hijita —me dijo mamá—, aunque no exactamente imaginario. En fin, dejemos eso. Lo bueno es que ya estás aquí y no creo que quieras volver a pasear por aquel *reino*.

Las dos reímos con ganas, nos dimos un fuerte abrazo y mamá me besó en la frente. Luego ella y papá se fueron a trabajar como todas las mañanas. Desde luego, Juan Carlos pasó a verme antes de irse a la escuela. ¡Se me hace tan raro no habernos peleado desde el viernes!

Ya en serio, es fantástico saber que mi hermano mayor me quiere de veras, como yo a él.

Bueno, mientras esperaba la llegada de mi abuela Clarita, quien ya está mejor de su gripa y se ofreció a cuidarme este lunes, decidí darme un regaderazo y ponerme algo decente, así que, antes de meterme al baño, fui a escoger mi ropa —¡y mis tenis!— de una buena vez.

¡No van a creerme! Abrí el cajón donde guardo mis broches para el pelo y... encontré, doblado en dos y bien alisado, un pedacito de tela ¡antigua y color verde mar!

¿Me lo habrá dejado mi amiga Eugenia o estoy soñando de nuevo?

FIN